「가」자 뒷다리

——— 이 시집은 노안이나 시력이 약해 글을 잘 읽지 못하는
어르신이나 약시자들을 위해 큰 글자로 본문이 제작되었습니다.

「가」자 뒷다리

황보출 시집

사람 속

큰딸이 며느리 보니 예쁘게 생겼다

속마음도 예뻐야 할 텐데

사람 속은 모른다

사람 속

큰딸이 며느리 보니 예쁘게 생겼다
속마음도 예뻐야 할 텐데
사람 속은 모른다

인생

낙엽은 태풍 불면
우수수 떨어지는데
내 인생은
언제 떨어질까?

인생

낙엽은 태풍 불면
우수수 떨어지는데
내 인생은
언제 떨어질까?

제목: 개미들은

날씨가 가물면
군인들 훈련처럼 줄을 서서
일렬로 행군을 하네

개미들은

날씨가 가물면
군인들 훈련처럼 줄을 서서
일렬로 행군을 하네

　　지렁이

날씨가　가물어
시골길에　나온　지렁이가
목을　흔들면서　죽고　있네

제목: 지렁이

날씨가 가물어
시골 길에 나온 지렁이가
목을 흔들면서 죽고 있네

신랑 각시 시어머님 얘기

어머님, 나요 애기
셋이서 살고 있을 때

신랑은 군대서
배가 고파
주방 누룽지 훔쳐 먹다가
대장 한테 억수로 맞고
병원에 입병 했네
눈에 아무것도 볼 수가 없었다고 했
그대 면회도 못가고

아홉 달 만에 휴가를 왔네

오는 날 밤에 신랑은
시어머님 하고 한 방에서 자는데
왜 눈물이 쏟아지는지
말도 못 하고 서러웠네

부부 간에 정도 못 받고 살아온 세월
생각 하면 가 슴이 아프네

신랑 각시 시어머님 애기

어머님, 나, 애기
셋이서 살고 있을 때
신랑은 군대서
배가 고파
주방 누룽지 훔쳐먹다가
대장한테 억수로 맞고
병원에 입병했네
눈에 아무것도 볼 수가 없었다고 했네
그때 면회도 못 가고
아홉 달 만에 휴가를 왔네
오는 날 밤에 신랑은
시어머님하고 한 방에서 자는데
왜 눈물이 쏟아지는지
말도 못하고 서러웠네
부부간에 정도 못 받고 살아온 세월
생각하면 가슴이 아프네

빨래

동지섣달 폭풍 냇가에
고등얼음에 콩깍지 잿물 받아 빨래하면
손발이 터져 나갈 듯 했네
물을 팔팔 끓여
요강에 담아 손을 적서가며 빨래를 했네

밤에 손이 터서
피가 나고 따갑고
견디기 힘들게 아플 때
시어머님 하신 말씀
"야야 오줌을 눠서 거기에 손을 담그라"
내 오줌을 눠서 아픈 내 손 담갔네

빨래

동지섣달 폭풍 냇가에
고등얼음에 콩깍지 잿물 받아서 빨래하면
손발이 터져 나갈 듯 했네.
물을 팔팔 끓여
요강에 담아 가 손을 적셔가며 빨래를 했네.
밤에 손이 터서
피가 나고 따갑고
견디기 힘들게 아플 때
시어머님 하신 말씀.
"야야 오줌을 눠서 거기에 손을 담그라."
내 오줌을 눠서 아픈 내 손 담갔네.

15

시란 무엇일까?　　　　　　　황보출 할머니의 시를 읽으며
오래전 대학 다니며 강의실에서, 술집에서 교수님에게,
선배들에게 물어보았던 질문을 다시 떠올려 본다.
한동안 나는 세상을 바꾸려는 의지를 담은 시가 좋은 시라 생각한
적도 있고, 우리말의 결을 잘 살려 소리내어 읽을 때 음악성을
띠는 시가 좋은 시라 생각한 적도 있고, 지금껏 참된 것이라
여겨온 것이 가짜임을 보여주는 시가 좋은 시라 여기기도 했다.
　　　　　　그런데 그 무엇보다 오랫동안 기억에 남는 시는,
시를 쓴 사람의 삶의 무게가 오롯이 담겨 있는 거라는 깨달음을
얻은 바 있다. 황보출 할머니의 시는, 비록 시라는 형식에
어울리는 세련미는 아직 얻지 못했다 하더라도, 살아온 삶의
무게와 그 삶이 선물로 준 지혜가 담겨 있다.
원망과 저주, 그리고 인고의 언어였을 모국어로 사랑과 희망,
그리고 격려를 노래한다. 그러면 되지 않았나? 그러니, 이것만이
시라 할 수는 없을지언정 이것도 시라 할 수 있을 터이다.

──── 이권우 / 도서평론가

처음엔 '좋은 시'라기보다 '좋은 일'이라 생각했다. 그러니 나도 '좋은 말씀'을 드리자고. 책도 펼치기 전, 어른에 대한 예의를 먼저 준비했다. 그런데 그게 '사람'에 대한 예의도 '시'에 대한 예의도 아니었단 걸 책을 펼치고 나서야 알게 되었다. 나는 황보출 어머님이 쓰신 시들이 참 좋았다. 때론 웃음이 나고 어느 땐 애잔했지만 순한 문장들 사이에 툭툭 박힌 삶의 무게와 '잠자리 눈처럼 반들'거리는 통찰 앞에선 몇 번 숨을 골라야 했다. 그리고 내가 짐짓 예의를 '차리는' 동안 누군가는 이렇게 삶에 대한 예의를 '지키고' 계셨다는 걸 알았다. 그걸 말과 글이 돕는다는 걸 배웠다.

———— 김애란 / 소설가

글을 배우지 못해 꽉 막혀 있던 80년 삶의 이야기가 군더더기 없이 진솔한 시로 세상에 소개되었습니다. 　　　　그 삶의 이야기 앞에선 많이 배운 것이 훈장이 되기는커녕 부끄러움의 거울이 됩니다. 　　　　　　　황보출 시인의 시로 이제서야 삶을 새롭게 배웁니다.

──── 문종석 / 푸른어머니학교 교장

글자를 쓸 줄 모르던 때에도, 황보출은 시인이었다. 　　　　 그녀의 마음에 있던 말들이 글자를 만나, 독자들이 그녀의 빛나는 언어를 만날 수 있게 되어 기쁘다. 황보출 시인의 담담한 시선을 따라가다보면, 　　 어느새 익숙한 일상이 새롭게 보일 것이다.

──── 신지민 / 다큐멘터리 감독

누군가의 딸이었고, 아내였고, 어머니였고, 할머니인 황보출님이
이번엔 시인이 됐습니다. ▬▬▬▬▬▬▬▬ 황보출 시인이
담담하게 풀어낸 '시' 같은 '인생' 얘기엔 그래서인지 내 아내,
내 어머니, 내 할머니의 냄새가 납니다.

───── 김대주 / '삼시세끼' 작가

영원히 사랑한다는 것은

조용히 사랑한다는 것입니다.

영원히 사랑한다는 것은

자연의 하나처럼 사랑한다는 것입니다.

서
시

차
레

2
/
자
식
생
각
도
그
만
하
고
싶
은
데

4

/

내 가슴에 내 동댕이쳐진 것들

사 는 것 이 다 그 렇 지 요

1

삼
겹
살

점심을 먹고 나니 자꾸 설사가 났다.
별것도 안 먹었는데
화장실에 몇 번이나 갔다.

힘이 쭉 빠졌다.

셋째 딸이
삼겹살 샀다며
냉장고에 있다고 하는데
먹기가 싫다.

자꾸 설사가 났다.

내가 처음 한글 배울 때
'가' 자 뒷다리도 모른 나
선생님들 덕분에
한글날 세종대왕릉에 가서
글짓기 대회
내 평생 첫 으뜸상을 받았네.
가슴이 우쭐했네.

'가'
자
뒷
다
리

열
쇠
좌
석

지하철 노인좌석에 앉으려는데
뒤에서 열쇠뭉치가 날아온다.
남자 한 분이 자리를 먼저 잡으려고 한다.
내가 앉지 못하고 서 있으니
아줌마 한 분이 자리를 양보한다.
내가 지하철 많이 타고 다녀도
열쇠뭉치가 자리 주인 된 것은 처음 본다.

인천에서 지하철 타고 학교 갈 때
전철 안에 손님이 많으면
팔을 뻗어 손잡이를 잡고
칙칙폭폭 달린다.
기차가 달리면 내 몸뚱이가 춤을 춘다.

오늘 학교에서 시를 쓰라고 하는데
내 머리가 어지럽다.
느낌을 쓰라는데
느낌이 무엇인고?
모른다.
머리를 굴려도 잘 못한다.
한글학교 올해 7년을 다녔지만
못한다.

그래도 용기 내봤다.

나
도
꽃
이
다

하룻밤 강아지 범 무서운 줄 모르고 살다보니
나도 강아지처럼 무서운 것이 없었다.
내 몸이 강철이라고 생각했다.

나이 먹을수록 햇병아리처럼 힘이 없다.
그래도 마음을 항상 편하고 새롭게 하면
나도 좋고 남도 좋고
자식들 다 좋아한다.

다른 사람들 부러워하지 않고 살았다.

나도 꽃이다.

사 돈 하 고 나 하 고 너 무 달 라 서

전국노래자랑을 보고 있는데
딸이 손녀 데리고 왔다.
떡국 끓여서 먹고
사돈하고 이야기하면서 많이 웃었다.

사돈 성격하고 내 성격이 너무 달라서
웃음이 나온다.

딸하고 나는 자꾸 웃었다.

사돈도 웃고
나도 웃고
딸도 웃었다.

사는 것이 다 그렇지요.
특별한 것도 아니고
죽을 만큼 불행한 것도 아니지요.
다 시간 지나면 되는 것이지요.
그런데 소원이 아직 한 가지 있습니다.
올해 마흔한 살 된
착한 막내아들
결혼하는 것을 보고 싶습니다.
죽기 전에 결혼하는 것을 보고
눈 감고 싶습니다.
나는 엄마니까요.

갓
난
애

하
나
가

막내딸 집에 아침 일찍
미역국 끓여주러 갔다.
내가 도착할 때까지
아침밥도 하지 말라고 했다.

막내딸 집에 가보니
사돈이 손자를 안고
땀을 뻘뻘 흘리고 있었다.
손자가 자꾸 울어서
진땀을 빼고 있었다.
우유를 먹여도 울었다.
내가 손자를 안고 업어서 재웠다.

갓난애 하나가
두 늙은이 혼을 쏙 빼놓았다.

우
리

아
들

먹
을

것

아들은 다른 사람에게는 좋은 것만 주고
자기는 안 좋은 것을 한다.
나를 위해서 햇과일을 사서 온다.
아들은 자기 자신을 위해서는
맛있는 것도 안 사고 몸에
좋은 것도 안 한다.

나는 돈을 지독하게 아끼다가도 쓴다.
우리 아들 먹을 거니까
비싸도 아깝지가 않다.

자
는
잠

어깨가 아파서
물리치료 받으러
병원 갔는데

간호하는 아줌마들이
요양원 할머니 한 분을
세 명이서 못 이고 온다.

나도 건강하게 살고 싶다.

그런 할머니 볼 때는
내 가슴이 답답하다.
내가 살면서
남의 손을 안 빌리고
가길 원한다.
자는 잠에 가도록
열심히 수행정진해서 가야 한다.

벗
꽃
축
제

지하철 타고 창문 밖을 보면
벚꽃이 은빛처럼
온 사람들 눈을 뜨게 한다.
여의도에 벚꽃축제가 한창이다.

딸 집에 가는데
온 산천이 벚꽃이다.
바람 불고
꽃잎이 날아다닌다.

산천초목도
봄이 오면 즐겁겠다.

찰칵
셔터만 누르면
내 얼굴이 담기고
플래시만 터지면
내 님이 보인다.

찰칵찰칵
사진 찍는 소리가
내 마음에 들어온다.
사진 찰칵
셔터만 누르면
사랑하는
손자가 담기고

찰칵찰칵
이 조그만 공간에
우리 가족들이 살고 있다.

황보출, 할머니 다 되었다

고통 받은 세월
다 지나고 나니
세상 마음대로 안 되는 게
인생길이네.

내 머리에 흰 꽃이 만발하네.
대쪽같이 곧은 몸이
뒷짐장사 지고 있는지
무지개처럼
굽은 다리가 되었네.
눈에는 떡가루를 넣은 듯
어두워졌네.

나도 이 세상 징검다리를
뛰어 넘어볼까?

참새가
뱁새 날개 달고 날듯이
나도
날고 싶네.

공
부
잘
했
던
것
은
아
무
것
도
아
니
다

내 주장을 내세우지 않아서 좋은 점도 있다.

남에게 해를 끼치지 않으니 좋다.

내 자식은 자기주장이 강하다.

그래서 자식들이 직장생활을 힘들게 한다.

자기 혼자 하는 일은 잘 하는데

사람들과 섞여서 하는 일은 못한다.

공부들은 모두 잘 했다.

자식 키울 때는 공부 잘하는 것이 자랑이었는데

지금은 자랑이 아니다.

공부 잘한 것이 큰 단점이 되어버렸다.

이 세상에 공부 잘한 것이 큰 자랑이 아니다.

이 세상에 살려면

사람 간에 의리 있고

서로 정을 나눌 줄 아는

마음이 자랑이다.

공부 잘했던 것은 아무것도 아니다.

내 주변에 있는 사람들과

서로 정답게 사는 것이 자랑이다.

내 몸무게는 내 것이 아닙니다.

아버지의 뼈와

어머니 살을 받아 살았습니다.

친구들의 사랑을 받았습니다.

우주의 태양을 받아

내 몸이 형성됩니다.

그래서 내 것은 없다고 합니다.

나는 왜 나누고 살아야 하는지 알고 있습니다.

머리맡에 엄마 손길 때문에 내가 있습니다.

들려준 시어머니 말씀을 생각해 봅니다.

아버지가 흘리시던 땀방울이

내 마음에 있습니다.

내 몸무게

자식들이 나누어 가져갔습니다.

내
몸
무
게

장명아

장명아, 엄마다.

추운데 고생이 많다.

아무리 힘들어도 어쩌겠니.

혼자 힘으로 견디고 일어나야지.

나는 자식들 공부시킬 때 이를 악물고 일했다.

남들이 나보고 뭐라 해도

나는 자식 공부시킬 생각만 하고 참았다.

날이 추워도 참았다.

아무리 배가 고파도 사먹는 돈이 아까워서

참고 집에 와서 먹었다.

겨울 시장에 밥집 많아도 참았다.

그렇게 지냈다.

나는 내 자신에게 자신이 있다.
너희들이 나에게 잘 해주는 것보다
나는 내 자신이 대견스럽다.
자신감이 있다.
힘든 것을 참고 견딘 내가 좋다.
세월 지나면 다 좋은 때가 온다.
지금 힘들어도 끝까지 참아라.
부인이 세상에서 가장 소중하다.
성훈이 애미에게 잘해라.
그래야 너에게 좋다.
명심해라,
아내가 첫째다.

자식 생각도 그만하고 싶은데

2

자
식
생
각
도
그
만
하
고
싶
은
데

막내아들 건강이 안 좋다.

젊은 사람이 건강해야 하는데

걱정이다.

고향에 가서 살자고 했다.

자식도 나이가 먹으면 자식이 아니다.

부모 마음은 같지만 자식은 다르다.

자식이 많으니 바람 잘 날이 없다.

나는 내 남은 날을 행복하게 살고 싶다.

자식 생각도 그만하고 나만을 위해 살고 싶다.

나는 그래도 자식에게 마음이 많이 간다.

자식에게 큰소리 한번 못하고 산다.

그런 내가 싫다.

월정사 전나무숲길을 딸 손잡고 걸었다.

자연들이 아침 이슬을 받아먹고
빛이 은방울처럼 생긋 웃는다.

나무들도
나이를 먹는지
죽은 나무도 있다.

나도 전나무처럼
죽을 날이 있겠지.

아침 전나무숲길을 딸 손잡고 걸었다.

가
로
수

나무들이 다
새옷을 갈아입고 있네.
어떤 나무는
나이를 많이 먹었는지
알몸으로 서서 있네.
보고나니 내 처지 같네.

누구든지 내 나이를 물으면 기분이 좋네.
안 늙은 것 같다고 하니까.

세월이 빨리가기 때문에 좋네.
가을이 성큼 다가왔네.

가
을
닮
은
나
이

몸
이
아
프
다

수요법회에 가야 하는데
비가 와서 못 갔다.
몸도 아파서 갈 수가 없다.
집에서 하루 종일 누워 있다
점심으로 녹두국을 끓여 먹었다.
비가 많이 왔다.

막내딸네가
큰딸 아들 결혼하는 데 갔다.
나는 못 갔다.
몸도 피곤하고
머리도 백발이고
안 가는 게 자식들 도와주는 것이다.

고창 선운사
봄
동백꽃 필 때
한 번 더 갔으면 좋겠다.

잘난 사람은
자기 힘으로만 살아가려고 한다.

조금 모자란 사람은
주변 사람들이 도와준다.

빈틈없이 보이는 사람에게는 사람이 없다.
조금 부족해야
서로서로 도와주고
도움 받을 줄 안다.
그렇게 하면서 서로 정도 든다.

세상은 혼자 사는 것이 아니다.
서로서로 어울려서 살아야 한다.

평등한 세상

똑똑한 사람은 나라를 쥐락펴락하고
바보 같은 사람을
자기 마음대로 하려 한다.

못 사는 사람들
어떻게도 살 수가 없다.

사람은 다 평등한데!

새벽마다
지나온 나의 잘못을 빌어도
아무 대답이 없습니다.
얼마나 더 기도하면
나의 잘못이 용서가 될까요?
나는 그래도 또 기도합니다.
눈물이 끝없이 흘러 내려도
나는 기도를 합니다.

기
도

무
밭

무 싹이 나왔다.
흙을 뿌리에 덮어 준다.
무 고랑에 풀을 뽑아 놓으니
내 눈이 반짝인다.
무 밭둑에 심어 놓은 콩이
주렁주렁 열려 있다.
작은 씨 하나가 어찌하여
저렇게 싹이 나오고
열매가 가득한가?

저
달
은
안
다

우리 집 돌담에
돋은 해님
서산에 지고
또 달님이
돌담 위로 떠올랐네.

해님은 모르네.
내 눈물
내 사연

저 달님만
알고 있네.
눈물도
사연도

인생은
나무 밑에 앉았다가
새처럼
날아갔다.

나무에 앉은 새

안
개
낀

가
을

아
침

아침 안개가 자북하게 끼어서
앞을 볼 수 없어도
조금 있다 안개 사라지면
맑은 하늘이
나를 보아라 하며
잠자리 눈처럼 반들거린다.

사람들 눈 즐겁게 하려고
오리 새끼들 연못에 넣어 두었네.
어린 것 물에서 떨고 있네.
어미 오리는 새끼 찾으려고
목이 터지도록 울고 있네.

새
끼

오
리

인
생

낙엽은 태풍 불면
우수수 떨어지는데
내 인생은
언제 떨어질까?

사람 사는 세상
가는 세월 막지 못하고
오는 세월 막을 수 없다.
순풍이 부는 대로 살고
맑은 날이 오면
막지 않고 산다.

홍수 날 때
물이 거꾸로 가는 법은 없다.

바다는
더러운 물이 가도 다 받아 준다.

내 인생도 바다 물처럼 살고 싶다.
갈 때는 잿불처럼 사라진다.

맑은 날이 오면

나
무
도

죽
고

나
니

산에 나무가 죽어
살이 물 되고
뼈는 흙 되네.

나도 죽으면
살이 물 되고
뼈는 흙 되고

영혼은 허공에
갈 수 있겠네.

3

나도 요즘 태어났으면 인생살이가 좋았을까

피로회복제

딸집 냉장고에 있는

피로회복제를

동네 친구에게 마시라고 주었다.

건강이 좋지 않아

매일 힘들다는 친구.

친구가 마시는 줄 알았는데

피로회복제를 내게 도로 주었다.

뚜껑 못 열고 주는 줄 알았다.

"형님 이거 멸치 액젓입니다."

친구도 글을 모른다.

나도 안경을 안 써서

글이 보이지 않는다.

둘이서 배꼽을 잡고 웃었다.

내가 클 때는
쌀 서 말을
못 먹고 컸다고 하네.

참 나도 요즘 태어났으면
인생살이가 좋았을까.

욕
심

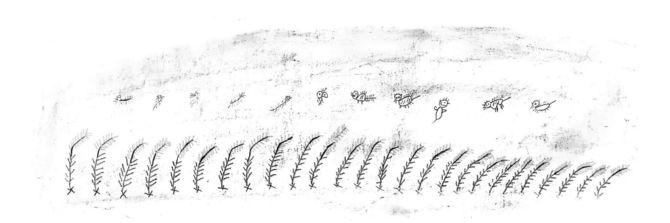

벼 모 심고 삼 일만 되면
모 잎에 금빛 같은 아침 이슬이 맺혀 있네.
밝은 태양이 뜨면
태양을 먹고 자라 있네.

벼가 잘 커서 가을이 되면
우리가 잘 먹고 살아가네.

식물도 동물도
모두가 한 생명 살고 있네.

바람도 물도
저 허공에 구름도
별도 달도
다 한마음처럼
서로 손 잡고 있는 것처럼 살고 있네.

그
사
람
은
내
마
음
알
까

산에 올라가서
'야호!'

산이
쩍쩍 울리는데
내가 좋아하는 사람은
불러도 소식 없네.

내 귀에는
그 사람 소리가
아지랑이처럼 들릴 듯한데

그 사람은
내 마음 알고 있을까.

이천 들판 인삼밭에
땅 깊이 잠자고 있는 생명들
겨울 지나면 깨어나겠네.
백설 이불 속에서 잠자고
봄이 되면 깨어나겠네.

천수물 한 컵에도 지혜가 있네.
밥 한 술에도 농민들 노고가 있네.
실 한 타래에도
베 짜는 여인들 노고가 있네.
나를 가르쳐 주신 선생님들 은혜가 들어 있네.
내 몸 속에 수많은 세포가 살고 있네.

온갖 은혜 다 짊어지고도
나이 먹을수록
서리 맞은
뱀처럼 쓰러지고 있네.

고맙습니다

화창한 가을
하늘이 높고 새파랗습니다.

부모님에게
얼굴을 선물 받아 왔습니다.

부모님께서
저를 낳아 주셔서 고맙습니다.

얼굴이 못나고 잘나고는
중요하지 않습니다.
내 마음이 밝아지면
얼굴이 밝아지고
삶이 밝아지기 때문입니다.

내 인생 아무리 머리 굴려도
정답은 없습니다.
항상
내 마음을
맑은 얼굴을
사람들에게 보여주면
이 세상이 다
밝은 세월입니다.

남을 바꾸지는 못합니다.
내가 내 얼굴을 밝게 바꾸면
그것이 이 세상
다 바꾸는 것입니다.

항상 내 자신의 마음이
깨어 있도록 노력합니다.

4
월

22
일

오
늘

일
기

등산을 갔다.

산에 오르니

식물들 다 잎 피고

꽃도 피었다.

실처럼 가는 것도 꽃이 피었다.

산 속에 가니

꽃향기가 나를 반긴다.

약숫물 먹으면서

"물아, 고맙다!"고 했다.

내려오는데 호랑나비가
내 앞에서
폭폭 날고 있다.
참 예쁜 나비다.

왜 나비는 며칠밖에 못 살까?

모든 야생들은
자기 일을 다 하는데

나는 왜 사람 구실 못 하고 살까.

논
에

있
는

돌

추수한 논에
시내 사람들이 차를 몰고 왔다.
산나물 캐러 온 사람들.

우리 논에 차가 빠져 버렸다.
근처에 있는 돌 논에 다 갖다 넣고
차를 끌어냈다.

논에 돌을 그냥 두고 가버렸다.

그 이듬해 농사일을 하러 갔는데
논에 돌이 엉망진창이다.

말봉재 고개

봄나물 하러
밥 한 그릇
삼베 보자기에 싸고
엄마랑 둘이 산으로 갔네.

이 산 저 산 다니면
배가 고파서

냇가로 내려와
두 모녀가 밥을 먹었네.

엄마는 나에게
많이 먹으라 하네.

나는
엄마가 많이 힘드니
엄마가 많이 먹으라고 했네.

산에 있는 배고픈 꽃들이
다들 입 벌리고 있네.

물
나
물
국
죽

바다에 가면
물나물이 많이 났다.

엄마하고 나하고 갔다.
진절이를 두 모녀가 무겁도록 이고 왔다.

나물 삶고 물에 씻으면
손에서 밤색 빛이 났다.

나물 듬뿍 삶아 넣고
쌀 한 사발 넣고.

태양초 고춧가루

신안 소금 이천 마늘 퇴촌 배추

새우젓갈 멸치젓갈 까나리젓갈

생새우 연근가루

당근 찹쌀 흰죽 생강

무 쪽파 갓 다시마육수

배추 절여 놓으면

딸하고 사위하고 하네.

김치가 일 년 먹을 반찬이네.

배추 백 포기.

흰 눈이 하늘에서

흰 눈이 하늘에서
펑펑 내리네.

옛날 섣달 장보러 갈 때

눈 많이 내려와서
오지 마을
토끼굴 같은 길로 장보러 갈 때

앞산도 태산
뒷산도 태산
장보러 갈 때

고무신 신고 가며 미끄러워서
다라를 이고 가다
내리막길에서
썰매처럼 끌고 갈   때

요즘은
신발도 좋아
아무리 눈 많이 와도
얼어 죽는 사람 없어.

오
십
이
년
전
이
야
기

둘째딸 두 살 때
경기로 많이 아파 죽으려고 해서
새벽에 애기 업고
시골 병원에 가려니 너무 멀었다.
가까운 의원에 가니
애기가 못 산다고 했다.

그때가 가장 슬펐다.

애기를 집으로 업고 오는데
시어머님이
"소성아! 죽어도 집에서 죽어라." 말씀하셨다.
그런데 할머니 한 분이 와서 애기를 보더니
띠 없는 꺼끼를 삶아서 먹이면
좋다 했다.

남편이 많이 구해 와 삶아서 먹이고
또 흰 개 똥 좋다고 해서
새벽에 개똥을 주우러 다녔다.

개똥도 약으로 구하려니 없다.

여러분들께 부탁해 구해서
볶고 삶아 먹였다.
그래서 살았다.

올해 쉰넷이다.
이 딸이 엄마를 잘 챙긴다.

보릿고개 육이오 시절
어미 죽어 슬픈 게 아니고
배고픈 슬픔

누구한테
말 못 하고 살다보니
그 슬픔 도저히 견딜 수가 없네.

부잣집 가서 일해주고
밥 얻어 와
바다 물나물 잔뜩 넣고
죽 끓여
가족이 배부르게 먹고 나니
눈이 뜨인 것 같았네.

이 죽 한 그릇에
내가
팔십까지 살아 있네.

엄
지
손
가
락

콩
깍
지

훑
어
내
다
가

엄지손가락 콩깍지 훑어내다가
손톱 밑에 가시 박힌 줄 몰랐네.

생손 일곱 달을 앓다가 병원에 갔네.
의사가 손가락을 자르라고 하네.
남편도 의사 말 듣고 자르라고 하네.

결국 안 자르고
메밀짚 잿물 받아
밤낮으로 손가락 사흘 담그고 나았네.

애기 이처럼 생긴 손톱 빠지고.

리어카에 거름 잔뜩 싣고
큰 황소 끌고
논에 갔다 오는데
내리막길에서 소가 막 달려서
리어카하고 나하고
고랑에 처박혔네.
황소는 고리 풀고 도망가 버리고
나는 일어나지도 못하고 있는데
도산 양반이 지나가다가
나하고 리어카를 끌어 올려주고
달아난 황소도 잡아 주었네.
참 고마웠네.

4

내 가슴에 내동댕이쳐진 것들

빨
래

동지섣달 폭풍 냇가에

고등얼음에 콩깍지 잿물 받아서 빨래하면

손발이 터져 나갈 듯 했네.

물을 팔팔 끓여

요강에 담아 가 손을 적셔가며 빨래를 했네.

밤에 손이 터서

피가 나고 따갑고

견디기 힘들게 아플 때

시어머님 하신 말씀.

"야야 오줌을 눠서 거기에 손을 담그라."

내 오줌을 눠서 아픈 내 손 담갔네.

내 남편 아파서
서울원자력병원에 입원했어요.

입원한 지 삼 개월 만에
못 고치고
남들은 집으로 퇴원하는데
내 남편은 허공으로 퇴원했어요.

지금 생각해도 억울해요.
한번 부부간에
놀케들케 못 살고
떠나가 산단 말인가요.

옛
날
에
　
우
물
에
서

옛날에는 우물물을 이고 와서 살았다.
날이 가물면 우물물도 적었다.

밤에 우물에 가면
누가 와서 물을 다 이고 가고 없다.
그러면 입에서 욕이 나온다.

물동이를 우물에 놔두고
집에 돌아와 조금 자고 가면
또 웬 사람이 다 퍼가고 없다.

입에서 씨벌것 소리가 났다.

가을 홍시로
찹쌀 동동주를 담고 삭히면
술 맛 참 좋다.

남편님하고 나하고
그 술 맛있게 먹었다.

내
영
감
은

내 영감은
이 땅을 누구한테 맡기고
가고
못 올까.

둘이 해도 일손 모자란데
나는
어떻게 살라고
가고 안 올까.

남편님 물신은 목장갑입니다.

발에 무좀이 심해서
장갑으로 물신을 만들어 신고
떨어지면 버려서
논둑마다 장갑 물신이 가득합니다.

십 년이 지나도 우리 논둑에는
남편님 신던 목장갑이 있습니다.

남
편
님

물
신
은

음력 2월 스무날 며느리 올림

시어머님 오늘 제사입니다.

며느리인 제가 어머님 제사를 모시지 못하고

먼 땅 미국 손주에게 가시게 해서 죄송합니다.

어젯밤에 어머님과 영감이 꿈에 보였습니다.

제가 직접 제사를 모시고 싶은데

제가 부덕해서 일이 뜻대로 되지 않습니다.

먼 곳이지만 손주 집이니 상 잘 받으시고

다음에는 이곳에서 자손들과 화목하기를 기원합니다.

어머님 죄송합니다.

눈물만 납니다.

다음에 만날 때는 좀 더 나은 만남이길 바랍니다.

새
벽
에

시
장

가
면

새벽시장 가면 장꾼들이 꽉 찼다.
시골 아주머니들도 많고
뜨끈한 김치국밥 파는 분들도 많다.

나도 시장에 채소 팔러 온
사람이다.

검은 털신 신고
검은 비닐봉지도 같이 신었다.

새벽바람 불어 춥다.
나무 주워서 불 때고 발을 쬐는데
양말이 불에 타는 줄도 몰랐다.

국수도 있고
미역국도 있지만
1500원짜리 밥도 못 먹고

집에 돌아오면
허리가 휘청였다.

집에 와서 밥을 먹으면
목에 걸리지도 않고 잘 넘어갔다.

그 밥으로 한평생 살았다.

좋은 기억

남편님과 같이
땅 구백 평
논밭 칠 때

기계도 없고
우리 집 소하고
남편님하고
나하고
셋이 논 만든 이야기

나는 돌 주워내고
남편님 하고 소가
논 갈고
모 심어

여름에 논메고
가을 추수해서
마당에 두지 해 놓고 보면

마음이 부자다.

겨울에 소 혀처럼
찹쌀떡 만들어서
잘 먹은 이야기

내 좋은 기억

눈
으
로
보
지
않
은
것

우리 대밭에는 까치들이 많이 살았다.
해가 지면
떼를 지어 날아와 자고
아침에 또 어디론가
날아가곤 했다.

한 해는 추수 해 놓고
감 따러 가보니
감이 하나도 없었다.
참 이상한 일이었다.

누가 따간 것일까?
집에 와서 시어머님께 물어봤다.

"까치가 반 따먹고
반은 땅에 떨어졌지."

눈으로 보지 않은 것
남을 의심하면 안 된다.

내
가
미
쳤
지

내 남편 열여섯 살
처녀는 열여덟 살
둘이 결혼해서 육 개월 살다가
부인이 죽었네.

내 남편
죽은 부인 잊을 수가 없다 했네.

내가 애기를 낳자
애기가 예쁘다며
죽은 첫 부인 닮았다고 했네.

그 소리가 듣기 싫었네.

나하고 결혼해서
내가 사십 년 동안
그 부인 제사를 지냈네.

남편하고 사십 년 살아도
부부 정은
이십 년밖에 안 되네,
그 분 생각 때문에.

주변 사람들이 나보고
미쳤다고 했네.

괴로움 겪은 것

내 남편이 화가 나서
점심 다라가 논바닥에 날아갔다.
물론 내 잘못도 많았겠지만

금방
그 사람은 화가 풀어진 것 같다.

그 순간
나는 상처를 달고 있다.

김치쪼가리, 국그릇, 밥그릇,
쏟아진 밥
내 가슴에
내동댕이쳐진 것들.

시어머님 연세 들어 치매가 있었네.

남편이 중한 병으로 병원에 입원했네.

시어머님이 농약을 마셔버렸네.

병원에 모시고 가서 속을 씻어냈는데
삼 일 만에 돌아가셨네.

남편은 말문을 닫아버렸네.

나를 보더니 돌아누우시네.

삼 일 뒤에 남편도 돌아가셨네.

내 마음은 캄캄하고 서럽기만 했네.

시어머님이 원망스러웠네.

고부간에 벽 없이 살았는데

115

일
잘
하
는

홀
시
어
머
니

나이 열여덟 살에 결혼했네.
일 잘 하는 홀시어머니
시집을 갔네.

동지섣달 밤에 삼 삶을 때
시어머니 삼 광주리는
풍선같이 부푸는데
내 삼 광주리는 자꾸 말랐네.

잠자고 싶은데 잘 수도 없네.
잠은 쏟아지고
허벅지엔 피가 나고
일은 끝이 없고

마당에 나와서니
달은 밝은데

앞산이 첩첩
뒷산도 첩첩

친정 생각만 나면서
눈물이 핑 돌고.

오랫동안 보관해라

설날이다.

사위네도 차례 지내고 왔다.

아들네와 손주들도 왔다.

많이 모이니까 정신도 없지만 즐겁다.

손주들 소리를 듣는 것이 즐겁다.

막내아들이 뒷정리를 다 했다.

막내아들은 살림꾼이다.

아들딸들아 올해 설은 정말 편안하고 즐거웠다.

아무쪼록 1년에 두 번 명절 때는 서로 만나도록 해라.

서로 살기 힘들어서 여유가 없지만 명절 때는

서로 만나서 이야기도 하면서 지내라.

형제도 자주 봐야 정이 생긴다.

아무리 힘들더라고 오랜만에 만났을 때는

서로 좋은 얼굴로 만나서 좋은 이야기를 하여라.

118

서로의 좋은 점을 이야기하고
작은 일이라도 서로 도와가면서 지내라.
음식을 먹을 때는
음식을 만든 사람과 음식을 차려준 사람에 대해서
고맙다고 말해라.
많은 식구가 모이면 마음 상할 수 있으니
서로 말을 할 때는 좋은 이야기만 해라.
내가 나중에 없더라도 올해처럼
명절은 즐겁고 편안하게 지내라.
2008년 2월 7일 엄마가 쓴 일기다.
오랫동안 보관해라.

비관과 체념의 언덕을 넘는 길

발문 / 이성수·시인

황보출 할머니를 만난 건 2012년 여름 푸른시민연대 한글을 가르치는 교실에서였다. 푸른시민연대에서 할머니들에게 시를 가르쳐드리자고 해서 나는 시 창작 교사로 자원봉사를 하게 되었는데, 그 교실 맨 앞자리에 황보출 할머니가 앉아 계셨다.

황보출 할머니는 왕언니였다. 하지만 이 교실에서 왕언니는 나이가 가장 많은 어른일 뿐 중요한 의미가 없다. 이 교실에서 실제 중요한 것은 글씨를 얼마나 잘 아느냐는 것이었다. 누가 받침을 잘 쓰고, 누가 맞춤법을 잘 알고, 누가 한글을 잘 읽느냐가 중요할 뿐이었다. 황보출 할머니는 글을 다 알지 못했다. 받침도 틀리고, 맞춤법도 틀리고, 더듬더듬 읽는 수준이었다. 하지만, 그 교실에서 시를 가장 잘 쓰는 '시인'이었다.

시를 쓰는 것은 단순히 글 한 편을 쓰는 행위가 아니다. 시를 쓰는
행위는 자신을 돌아보는 행위이다. 어렸을 때 동무들과 놀던 기억,
아버지 엄마 곁을 떠나 시집가던 날의 그 슬픔, 겨울날 손이 곱아서
손을 호호 불며 빨래를 하다가 그것마저 너무 추워 자기 오줌에
손을 녹이며 빨래를 하던 그 냇가의 시린 풍경, 젊었을 때 손에서
굳은살이 떠나지 않을 정도로 밭을 갈고 풀을 뽑아도 뿌리 뽑지
못했던 가난, 사랑했던 그 누군가를 영영 떠나보내야 했던 슬픔!
황보출 할머니는 이런 것들을 올올이 꺼내 내 앞에 펼쳐놓았다.
황보출 할머니의 시는 그 자체로 슬픔 덩어리이다. 황보출 할머니의
시 쓰기는 가만히 생각하면 눈시울이 젖어서 다른 것을 할 수 없는,
꼭꼭 숨겨두어서 근친이 아니라면 결코 아무도 모를 일을
끄집어내는 일이다. 황보출 할머니와 시 쓰기를 하다보면
"나 죽을 때까지 이 이야기는 누구한테도 절대 하지 않겠다고 혼자
약속한 비밀"이 곧잘 터져 나온다. 6·25도 겪고 보릿고개도 몇 번을
넘었으니 왜 아픔이 없었겠는가. 황보출 할머니와의 시 쓰기
수업시간이 어쩌다 눈물바다가 되는 이유가 바로 여기에 있다.

처음 시 쓰기를 할 때 황보출 할머니는 "나는 언제쯤에나 돌아가나,
옆집 할머니는 간단 소리도 없이 떠나가는데 나는 언제나
돌아가나" 하는 시를 매일매일 쓰셨다. 연세가 드셨으니 세상을

떠나 본향으로 가고 싶다는 말인데, 그게 말처럼 쉬운 일이 아니다. 그래서 그 바람을 적은 것이라고 하는데, 이런 시를 대할 때마다 가슴이 아팠다. 그때마다 나는 이렇게 말했다.

"아니, 어머니 살 날이 짱짱한데 왜 자꾸 이런 시를 쓰세요? 좀 더 재미있는 일을 시로 써보세요."

황보출 할머니에게 힘이 되어야 한다는 생각에 설득도 해봤지만 소용이 없었다.

"내가 살 날이 얼마나 남았다고 재미있는 일이 있겠어요."

황보출 할머니는 여전히 비관, 체념의 끈을 부여잡고 내 의견을 받아들이지 않았다. 평생을 비관과 체념 속에 살았으니 하루아침에 그 생각이 머릿속을 떠날 수는 없겠지만, 적어도 시를 쓸 때만큼은 미래를 생각해야 한다는 것이 그때까지의 내 생각이었다. 그럼에도 황보출 할머니는 결코 장밋빛 오늘이나 미래에 대해서는 시를 쓰지 않았다.

황보출 할머니는 1933년생이다. 만으로 83세다. 황보출 할머니가 태어난 포항 시골에서는 '황보 연'이라는 이름으로 불리는데 호적에는 '출'이라는 이름으로 기록되어 있는 줄도 모르고 결혼할

때까지 황보 연이 자신의 이름인 줄 알고 자랐다. 아버지가 주위
분에게 출생신고를 부탁했는데, 그 심부름을 해주겠다던 분이
이름을 까먹어서 '출(나오다)'이란 이름으로 등재한 것이다.
출생신고를 하면서 이름을 잘못 올릴 정도이니, 집안 사정인들
좋았을 리 없었을 것이다. 삶 또한 녹녹하지 못했을 것이다.
이런 예측은 황보출 할머니의 시를 보면 그대로 드러난다.

빨래

동지섣달 폭풍 냇가에
고등얼음에 콩깍지 잿물 받아서 빨래하면
손발이 터져 나갈 듯 했네.
물을 팔팔 끓여
요강에 담아 가 손을 적셔가며 빨래를 했네.
밤에 손이 터서
피가 나고 따갑고
견디기 힘들게 아플 때
시어머님 하신 말씀.
"야야 오줌을 눠서 거기에 손을 담그라."
내 오줌을 눠서 아픈 내 손 담갔네.

이 시를 읽던 날, 나는 수업도 하지 못하고 펑펑 울었다. 팔팔 끓는 물이 담긴 요강에 손을 담가가며 빨래를 하다가, 그 뜨거운 물이 차가워지면 오줌을 눠 그 오줌에 손을 녹이며 빨래를 하는 정경이, 아니 그 아픔이 오롯이 드러나기 때문이다.

우리가 살아오면서 수많은 고통을 겪지만 이렇게 일상이 고통이 될 수 있다는 것을 발견하기는 쉽지 않다. 그런데 황보출 할머니의 시에서는 이런 고통이 가감없이 드러난다. 그래서 이런 시를 읽는 것은 아프다.

황보출 할머니가 처음부터 이런 시를 쓴 것은 아니었다.
황보출 할머니에게 쓰라린 날을 건드렸다. 몇 주 동안 나는 수업시간에 대략 이런 이야기를 했다.

"어머니, 어머니들이 살아온 날이 모두 시에요. 힘들었던 날이 있었을 겁니다. '내 어린 날은 가난했다'가 아니라 가난 때문에 특별하게 힘들었던 하루가 생각나실 거예요. 그 날의 아침도 분명히 떠오를 거예요. 그날 그 순간 하늘이며, 마당에 빨래가 어떻게 바람에 흔들리고 있었는지, 외양간에 소가 눈을 껌뻑이던 것도 생각나실 거예요. 가장 슬픈 날을 떠올려 보세요. 그 슬픔으로 가득한 날의 기억을 보태지도 말고 더하지도 말고 그냥 글로 써보세요. 그러면 그게 시가 될 겁니다."

이런 이야기를 하면 몇몇 할머니들은 "절대로 싫다"고 고개를
설레설레 흔든다. 황보출 할머니 역시 눈시울만 붉힐 뿐 과거의
아픔을 '절대로' 기억하려들지 않았다. 하지만 시 수업 시간은
몇 달 동안 그 아픈 날의 상처를 꺼내는, 꺼내야 한다는 말이 수업
내용의 주류를 이루었다. 시 수업은 상처 건들기로 이루어졌다.

사실 어르신들이 살아온 날의 상처를 찾아 요목조목 살펴보고
건드려보는 행위는 자기 자신 들여다보기의 시작이다. 자기 자신이
어떤 사람인지, 어떻게 살아왔는지, 어떤 생각을 갖고 있는지를
알아야 지금 자기가 하고 싶은 이야기가 무엇인지를 알 수 있다.
자기를 깨닫지 못하는데 어떻게 자기를 표현할 수 있겠는가.

황보출 할머니도 조금씩 자신의 내면을 들여다보기 시작했다.
시도 변하기 시작했다. 내용은 더 풍부해지고 살아 있는 감동이
생생하게 그려졌다. 시는 더욱 아파졌지만 '나 이제 그만 살 거야'
하는 자조적인 자괴감, 비관, 체념은 사라졌다. 아픔의 정도는
더 심해졌지만 그 아픔이 유머와 함께 어우러져 나왔다.

피로회복제

딸집 냉장고에 있는
피로회복제를
동네 친구에게 마시라고 주었다.
건강이 좋지 않아
매일 힘들다는 친구.
친구가 마시는 줄 알았는데
피로회복제를 내게 도로 주었다.
뚜껑 못 열고 주는 줄 알았다.
"형님 이거 멸치 액젓입니다."
친구도 글을 모른다.
나도 안경을 안 써서
글이 보이지 않는다.
둘이서 배꼽을 잡고 웃었다.

한 '노인'은 글씨를 몰라서, 또 한 '노인'은 안경을 쓰지 않아서
피로회복제 대신 멸치 액젓을 주고받는 풍경이다. 모른다는 것이,
안 보인다는 것이 흠결이 되지 않는 '나이듦'의 풍경이지만,
서로 보듬고 사는 이웃의 정까지 담고 있는 시이다.

삼겹살

점심을 먹고 나니 자꾸 설사가 났다.
별것도 안 먹었는데
화장실에 몇 번이나 갔다.

힘이 쭉 빠졌다.

셋째 딸이
삼겹살 샀다며
냉장고에 있다고 하는데
먹기가 싫다.

자꾸 설사가 났다.

일상의 아픔이지만, 이 시에서는 삶의 애환보다는 나이듦에 대한
아련함과 가족애가 묻어나온다. 별것도 먹지 않았는데 화장실을
가야 하는 나이듦의 번거로움과 셋째 딸이 냉장고에 삼겹살을
사다 놓는 행위의 교차에서 이미 반세기를 넘어 한 세기 가까운

공력을 쌓아온 삶이 보인다. 그것을 오롯이 시로 담았다.

시인들이 가장 쓰기 힘든 시는 타인의 마음을 움찔거리게 하는 시이다. 움찔거림이 감동이든 놀라움이든 아니면 슬픔이나 기쁨이든 시인은 다들 자신의 시 때문에 다른 사람의 마음이 1도나 2도쯤 움직였으면 좋겠다는 생각을 한다. 황보출 할머니의 시가 그렇게 사람의 마음을 툭툭 건드리며 움직이게 한다.

왜 그럴까?

황보출 할머니는 시를 짜내지 않는다. 열심히 써서 누구의 마음을 툭툭 치고 다니겠다는 마음도 없고, 화려한 문구를 머리 쥐어뜯으며 짜내지도 않는다. 아니 애초에 시를 쓰기 전부터 그냥 자신의 마음을 표현할 뿐이지 타인에게 감동을 준다거나 애절하게 다가갈 마음이 없었던 것이다. 타인에게 자신의 시를 내놓고 자랑하려면 시를 잘 써야 한다는 마음이 있어야 하는데, 이 분은 그런 마음도 없다.

시인들이 자신의 시를 발표하면서 존재감을 드러내는 것과 달리 (물론 이런 마음이 전혀 없다고는 할 수 없지만) 황보출 할머니는 시를 자랑하려고 쓰지 않는다. 자신의 삶을 드러낼 뿐이다.

그래서 시를 잘 써야 한다고 부담도 갖지 않는다. 황보출 할머니도 주눅들어서 한 평생을 살아온 분인데 '저 정도면 나도 쓸 수 있어' 하고 시를 향해 대든다.

'가' 자 뒷다리

내가 처음 한글 배울 때
'가' 자 뒷다리도 모른 나
선생님들 덕분에
한글날 세종대왕릉에 가서
글짓기 대회
내 평생 첫 으뜸상을 받았네.
가슴이 우쭐했네.

이 시 「'가' 자 뒷다리」는 처음 한글을 배우고 간신히 쓸 때의
이야기를 담고 있다. 한글날 글짓기 대회에서 처음으로 상이라는
것을 받았을 때의 우쭐한 기분을 시로 쓴 것인데, 한글을 배우는
아득함이 '가' 자 뒷다리라는 말에서 묻어나온다. 글자에 뒷다리가
어디 있다는 말인가? 한글을 아는 사람이라면 글자와 손잡고
놀았을 텐데, 황보출 할머니는 한글을 몰라서 글자의 뒷다리만을
잡으려고 한 것이다.

황보출 할머니와 시 공부를 하면서 느낀 것이지만 어르신들의
경험에서 우러나온 시어는 젊은 사람들이 도저히 따라갈 수 없는
세계를 보여준다. 그 시어들은 바쁘고 각박한 삶을 살아가야 하는
우리들에게 깨달음을 준다. 시 '눈으로 보지 않은 것'은 매일
경쟁해야 하고, 때로는 시기하고, 때로는 질투도 해야 하는
오늘날의 삶을 반성하게 하는 시이다.

눈으로 보지 않은 것

우리 대밭에는 까치들이 많이 살았다.
해가 지면
떼를 지어 날아와 자고
아침에 또 어디론가
날아가곤 했다.

한 해는 추수 해 놓고
감 따러 가보니
감이 하나도 없었다.
참 이상한 일이었다.

누가 따간 것일까?
집에 와서 시어머님께 물어봤다.

"까치가 반 따먹고
반은 땅에 떨어졌지."

눈으로 보지 않은 것
남을 의심하면 안 된다.

나도 시를 쓰지만 황보출 할머니의 시는 오늘날 시인들에게
시를 이렇게 써야 한다는 '말씀'으로 보인다. 삶을 온전히 드러내
보이고, 자랑하지 않으며, 그래서 말의 사찰 같은 시를 쓰라는
꾸지람으로 보인다.
장터에서 돈이 없어 밥 한 끼 사먹지 못하고 집에 돌아와 먹는 밥이
황보출 할머니에게는 시이다. 그 밥으로 한 평생 살았다는 황보출
할머니의 시가 우리들에게 필요한 이유가 여기 있다. 그러므로
이 시집 한 편 한 편의 시는 오늘날 우리 젊은 사람들에게 생기를
불어넣는 밥 한 끼이다.

돋보기   톺아보고 크게 보는 출판사
도서출판 돋보기의 첫 번째 책

황보출 할머니의 시집

'가'자 뒷다리

2016년 8월 20일 1판 1쇄 찍음
2017년 4월 4일 1판 2쇄 펴냄

지은이.   황보출
펴낸이.   이성수
디자인.   박진한
펴낸곳.   도서출판 돋보기
등록번호.   (979-11) 958492
주소.   경기도 남양주시 도농로 34
            부영그린타운아파트 107동 1104호
전화.   031-568-7577
팩스.   031-995-5985

ISBN 979-11-958492-0-8 03810